MÁQUINAS PODEROSAS

LOS HELICÓPTEROS

por Wendy Strobel Dieker

AMICUS | AMICUS INK

rotor

cabina

Busca estas palabras e imágenes mientras lees.

rueda

rotor de cola

¡Mira! ¡Allí, en lo alto!
Es un helicóptero.

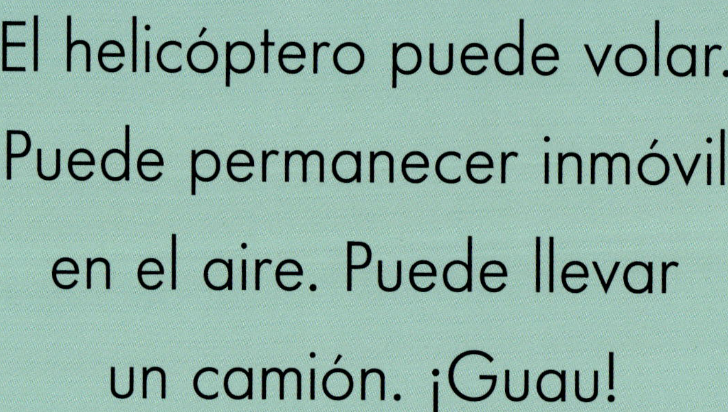

El helicóptero puede volar. Puede permanecer inmóvil en el aire. Puede llevar un camión. ¡Guau!

rotor

¿Ves el rotor? Gira muy rápido. El helicóptero puede ir recto hacia arriba.

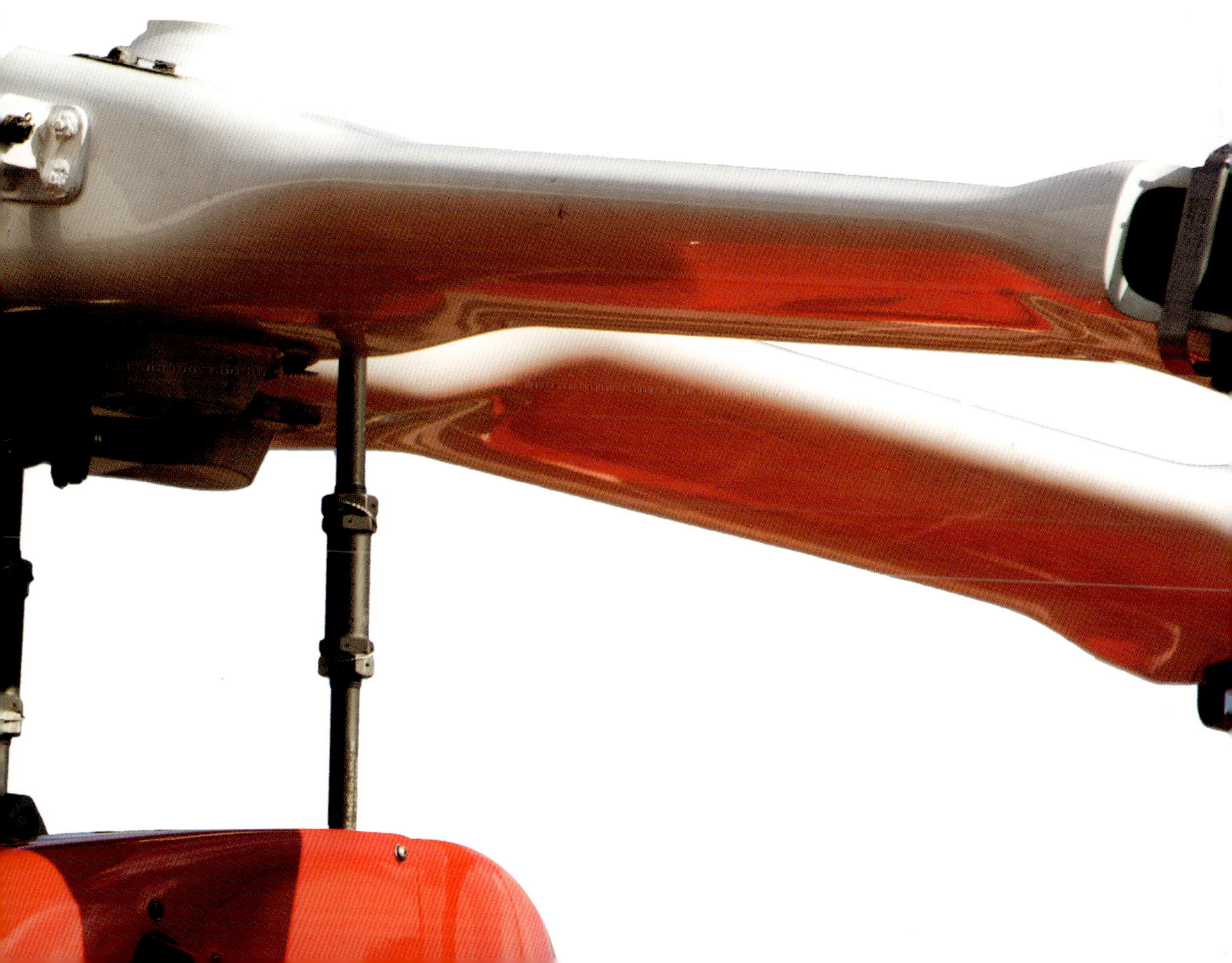

¿Ves la cabina?
Ahí se sienta el piloto.
Ella vuela el helicóptero.

cabina

rotor de cola

¿Ves el rotor de cola?

Se inclina.

Ayuda a maniobrar.

PYLON STEP UNDER
TURN
PRESSURE

¿Ves la rueda?
Se retrae en el aire.
Se despliega al aterrizar.

rueda

¡Oh, no! ¡Un incendio!
Un helicóptero lanza agua.
Ayuda a apagar el incendio.

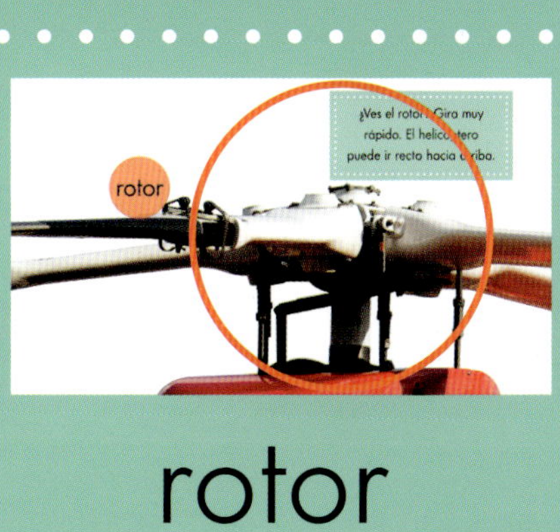

rotor

cabina

¿Lo encontraste?

rueda

rotor de cola

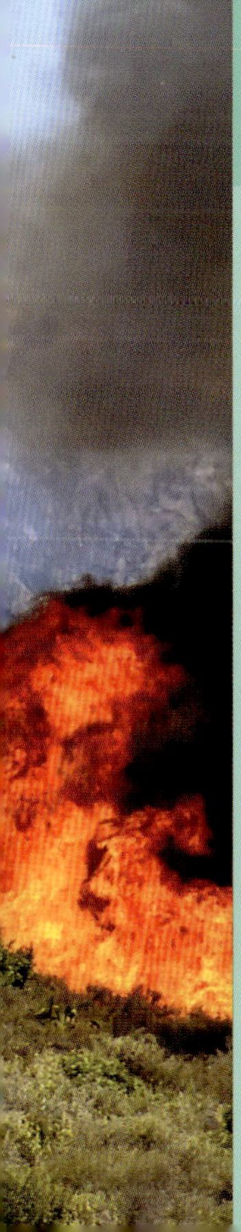

Spot es una publicación Amicus y Amicus Ink
P.O. Box 1329, Mankato, MN 56002
www.amicuspublishing.us

Library of Congress Cataloging-in-Publication Data
Names: Dieker, Wendy Strobel, author.
Title: Los helicópteros / por Wendy Strobel Dieker.
Other titles: Helicopter. Spanish
Description: Mankato, Minn. : Amicus, 2020. | Series: Spot. Máquinas poderosas | Audience: K to Grade 3.
Identifiers: LCCN 2018054522 (print) | LCCN 2018059250 (ebook) | ISBN 9781681519104 (ebook) | ISBN 9781681518848 (hardcover)
Subjects: LCSH: Helicopters--Juvenile literature. | Helicopters--Parts--Juvenile literature.
Classification: LCC TL716.2 (ebook) | LCC TL716.2 .D5418 2020 (print) | DDC 629.133/352--dc23
LC record available at https://lccn.loc.gov/2018054522

Impreso en China

HC 10 9 8 7 6 5 4 3 2 1

Alissa Thielges, editora
Deb Miner, diseñador de la serie
Aubrey Harper, diseñador de libro
Holly Young, investigación fotográfica

Créditos de las imágenes: Shutterstock/tai11 cover, 16; iStock/breckeni 1; Getty/Lisa-Blue 3; DOD/U.S. Air Force photo/Staff Sgt. Patrick Harrower 4–5; iStock/Chris Mansfield 6–7; Shutterstock/Benny Marty 8–9; iStock/pichitstocker 10–11; iStock/TommyIX 12–13; Shutterstock/smikeymikey1 14–15

LOS HELICÓPTEROS